谨以此书献给

俄罗斯的汉语年

Я Помню
Чудное
Мгновенье

我记得那美妙的瞬间

谷羽 选译

高莽 插图（作者像）

中国青年出版社

— （京）新登字083号

— 图书在版编目（CIP）数据

— 我记得那美妙的瞬间 /谷羽编译.—北京：中国青年出版社，2010.8

— ISBN 978-7-5006-9464-9

— I. ① 我… Ⅱ. ① 谷… Ⅲ.①诗歌-作品集-俄罗斯-近代

　Ⅳ. ①I512. 24

— 中国版本图书馆CIP数据核字（2010）第149164号

— 责任编辑 | 杜海燕
— 装帧设计 | 瞿中华

— 出版发行 | 中国青年出版社
— 社　　址 | 北京东四十二条21号
— 邮政编码 | 100708
— 网　　址 | www.cyp.com.cn
— 编 辑 部 | 010-57350503
— 门 市 部 | 010-57350370
— 印　　刷 | 三河市君旺印装厂
— 经　　销 | 全国新华书店
— 开　　本 | 1/16
— 印　　张 | 12
— 字　　数 | 160千字
— 版　　次 | 2010年8月北京第1版
— 印　　次 | 2010年8月河北第1次印刷
— 印　　数 | 1—5000册
— 定　　价 | 25.00元

— 本图书如有印装质量问题，请凭购书发票与质检部联系调换　联系电话：010-57350337

亚历山大·谢尔盖耶维奇·普希金
Александр Сергеевич Пушкин

费奥多尔·伊万诺维奇·丘特切夫
Фёдор Иванович Тютчев

米哈伊尔·尤里耶维奇·莱蒙托夫
Михаил Юрьевич Лермонтов

阿方纳西·阿方纳西耶维奇·费特
Афанасий Афанасьевич Фет

尼古拉·阿列克谢耶维奇·涅克拉索夫
Николай Алексеевич Некрасов

康斯坦丁·德米特里耶维奇·巴尔蒙特
Константин Дмитриевич Бальмонт

瓦列里·雅可夫列维奇·勃留索夫
Валерий Яковлевич Брюсов

安娜·安德列耶夫娜·阿赫玛托娃
Анна Андреевна Ахматова

玛丽娜·伊万诺夫娜·茨维塔耶娃
Марина Ивановна Цветаева

谢尔盖·亚历山大罗维奇·叶赛宁
Сергей Александрович Есенин

目录

131

茨维塔耶娃情诗十一首

153

叶赛宁情诗十首

序

诗人在把生命变成诗的同时，也把生命赋予诗，因为主宰生命和诗的是同一个灵魂——爱。没有爱，生命如行尸走肉，没有爱，诗成了没有灵性的韵文游戏。爱，不仅仅是诗创作的灵感之泉，本身就是真善美的心灵之声。诗的主体就是爱的歌：爱情诗（也称情诗或恋歌）、亲情诗、友情诗、乡情诗、爱国诗、自然诗、宇宙诗……其中，历史最悠久、底蕴最深厚、表现最丰富的要数爱情诗。爱情承载着人类繁衍的信息，爱情扮演着以诚抗邪的象征，爱情创造着从死神手中夺回生命的奇迹。爱情酿造诗情，诗情升华爱情：情诗这朵奇葩在世界诗苑长开不败，永远迷人。爱情本是男女双向的，但对男性来说，对方"一半是女人一半是梦"（泰戈尔语），情诗的想象空间更阔大也在情理之中。

俄罗斯情诗从普希金"偷到维纳斯的腰带"（别林斯基语）以来的二百年间，在净化心灵、美化生活方面有了长足的进步，具有奇异的艺术魅力。从俄罗斯大地和俄罗斯心灵涓流而出的爱的旋律往往带有几分忧伤：因为爱，才生忧，因为忧，才更爱。这已形成一种为俄罗斯诗歌（包括情诗在内）所独有的迷人的艺术特质。仅从这里我们就能品味到俄罗斯诗歌文化底蕴的厚重。别林斯基说："在普希金的任何感情中总有一种特别高贵的、亲切的、温柔的、芳香的与和谐的东西。在这一方面，人们在阅读他的作品时，可能以最好的方式让自己受到人的教育，这样的阅读对于青年人来说，不论男女，都是特别有益的。"（《普希金作品集第五篇》）普希金的这一文化精神传统，经过俄罗斯诗歌的黄金时代和白银时代、苏联时期，直到苏联解体后的俄罗斯，始终在程度不等地传承着。在《我记得那美妙的瞬间》中，经过译者的精选，更凸现出传承中有创新和创新中有传承的艺术脉络——这里荟萃着俄罗斯诗歌的黄金时代和白银时代十位杰出诗人风格各异、异彩纷呈的百首精品情诗，你可以从中体尝或领略到：普希金视美如神的天才颖悟，莱蒙托夫对恋情的刻骨铭心，丘特切夫对爱情是"心盟"也是噩梦的复杂体验，涅克拉索夫对爱情乐中有痛的人生喟叹，费特对爱情的瞬间的灵动捕捉，巴尔蒙特对爱的音振波纹的传神描绘，勃留索夫给爱情投射的智慧之光，阿赫玛托娃失恋不失态的人格尊严，茨维塔耶娃穿透时空的情思和石破天惊的情语，叶赛宁从恋情中汲取的对生命的珍爱与愧疚。时代不同了，国情也有别，但深藏在普希金及其后继者们的情诗杰作中的那些"高贵的、亲切的、温柔的、芳香的与和谐的东西"对经济高速发展中的今日之中国，恐怕不失为一剂治疗重利轻情、迷俗鄙雅偏症的并不苦口的良药。

外国名诗的红花，不言而喻，需要由本国佳译的绿叶来衬托。由有丰富译诗经验的南开大学教授谷羽先生对俄罗斯情诗精选细译，而且配上高莽先生所作的珍贵的肖像插图，所得的《我记得那美妙的瞬间》可以说已满足了上述需求。虽然诗难译，难到几乎不可译的程度，但我想，凡是知难而上的译者，从内容和形式两方面尽可能忠实地传达原诗而获得读者认可的译品，都有获得佳译美名的资格，而谷羽先生的新译《我记得那美妙的瞬间》中至少绝大多数都经得起这样的品味乃至推敲。

谈到谷羽先生对译诗艺术的执著追求，我想引用他十年前在他的力作《俄罗斯名诗三百首》的序言中所亮明的翻译美学思想："就诗歌翻译而论，我主张以诗译诗，以格律诗译格律诗。在内容忠实于原作的前提下，尽最大努力传达原诗的形式特色和音乐性。"他当时是这样说的，他此前和此后一向也是这样做的，而且越做越坚定，越做越自信，以至达到使译诗与原诗在形式与内容的相谐共振上兼顾了音乐性和建筑美。当然，译诗是艺术，艺术崇尚个性化，译诗也允许不拘一格。有些诗译家不太重视原诗音韵结构的移植，却尽量保持原诗的语势（即逻辑结构），在汉化与洋味的矛盾统一上追求另一种平衡，尤其受到通晓原文的读者的青睐。谷羽先生把传达原诗的音乐美放到非常重要的位置上，选择了一条更艰难的路，他被卞之琳先生的精辟论断所折服："既忠实于内容，也忠实于形式，在译格律诗场合，看究竟是人受了格律束缚还是人能驾驭格律，关键在于译者的语言感觉力和语言运用力。"（《人与诗：忆旧说新》）谷羽先生进而取与卞之琳先生持相近观点的查良铮先生的普希金诗歌汉译文本，对照原文逐篇观摩查先生的语言感觉力和语言运用力。这种在译诗的市场价格奇低的社会氛围中坚挺文学经典的文化价位的精神是难能可贵的。《我记得那美妙的瞬间》被在青年中享有很高声誉的中国青年出版社出版这件事本身，就意味着社会对谷羽先生的敬业和探索精神的肯定。

序

毋庸讳言，在移植原诗音韵结构，特别是"以顿代步"方面，俄诗的汉译还不如英诗等的汉译来得成熟，因此，笔者更钦佩谷羽先生在传达俄诗音乐性表情功能上的探索勇气，而且很高兴看到他的某些突破。如《俄罗斯名诗三百首》中巴尔蒙特的《苦闷的小舟》一诗原文所采用的辅音同音法，在译文中得到大致的体现，俄汉语双方所用辅音或声母互有差异，但它们彼此的转换已奇迹般地完成。又如本书中普希金的《致凯恩》一诗，译者为了移植音律的需要不得已改动一行诗的语构：考虑到"你"在诗行所处并非主位而是述位，他便巧妙地在加破折号强调的变通下把"你"前置："我记得那美妙的瞬间，／你 ——出现在我的面前，／宛如轻盈飘忽的精灵，／恰似至纯至美的天仙。"这样，译文既满足了移植音韵的需要，又不损害逻辑的张弛，而且能保持"你"的本色，使诗节取得声情并茂的审美效应。在移植原诗音韵结构的同时，谷羽先生十分重视在准确传达原文的基础上发挥译文优势。在笔者看来，这方面的造诣甚至超过前者。随便举一例，如丘特切夫的《我记得黄金般的时刻……》译得传神而动人，对照原文一看，不少棘手的语法壁垒都给译者轻松地化解了，剩下的只是贴近我国赏诗审美传统的诗情画意，仿佛一首由丘特切夫自己写的晓畅而蕴藉的汉文诗："我记得黄金般的时刻，／我记得心灵陶醉的处所。／天近傍晚，我们两个／脚下阴影里喧响着多瑙河……"

作为先睹为快的第一读者，笔者在第一时间里衷心祝贺谷羽先生新的译诗力作《我记得那美妙的瞬间》的问世，深信广大读者也会和我一样喜欢它。

顾蕴璞

2010年2月17日

我记得那美妙的瞬间

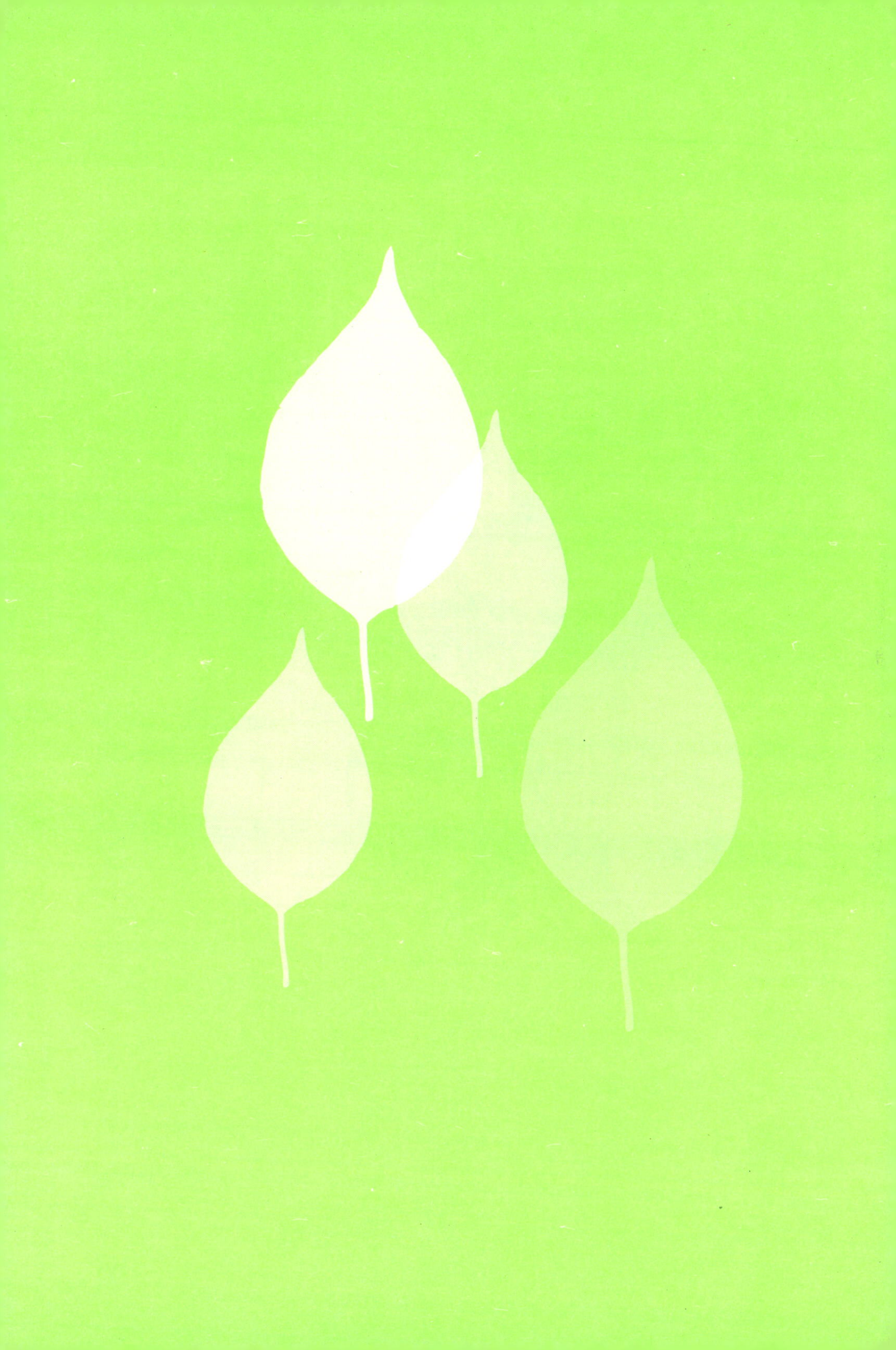

普希金情诗十三首

亚历山大·谢尔盖耶维奇·普希金（1799－1837），俄罗斯伟大的民族诗人，出生于莫斯科一没落贵族家庭，有黑人血统，皇村中学毕业，因歌颂自由、呼吁反抗而触怒沙皇，身遭流放，一生坎坷，最后死于决斗。诗人具有非凡的艺术才华，创作了八百多首抒情诗、十四部长诗，还有小说、剧本、童话诗，代表作《叶甫盖尼·奥涅金》被别林斯基称作俄罗斯生活的百科全书。诗人浪漫多情，爱情诗在其创作中占有重要地位，语言坦率真诚、充满激情，音韵多姿多彩、流畅和谐，风格清新亮丽、优雅高尚。其中的"巴库宁娜组诗"、"利兹尼奇组诗"、"沃隆佐娃组诗"、"冈察洛娃组诗"以及脍炙人口的《致凯恩》，都是俄罗斯爱情诗篇中的瑰宝。在俄罗斯，普希金的诗家喻户晓，妇孺皆知，世代流传，他的诗还被译成近百种外文版本，使他成为世界性的一流诗人。人们赞美他是"情诗圣手"，是"俄罗斯诗歌的太阳"，他的作品足以证明他对这种推崇当之无愧。

致画家 [1]

哈丽特 [2] 与灵感宠爱的骄子，

一颗心总是热情激荡，

请你用随意而洒脱的画笔，

为我描绘心上人的形象；

请画她纯真灵秀之美，

画令人痴迷的可爱面庞，

画天庭才有的温婉妩媚，

画她勾魂摄魄的目光。

请为她系上维纳斯腰带 [3]，

婀娜的身姿优雅端庄，

再以阿里斑 [4] 的风光霞彩，

衬托我所崇拜的女王。

请将她微微起伏的胸脯，

罩上薄纱，纱巾透明如浪，

为的是让她能呼吸自如，

能暗自叹息，抒发衷肠。

请体察怯懦的爱慕之情，

她是我心魂所系的偶像，

我在画像下面为她签名，

幸运的手聊寄一瓣心香。

（1815年）

[1] 这首诗是献给巴库宁娜的。画家指普希金在皇村中
学的同班同学伊利切夫斯基（1798-1837），此人
能诗善画。

[2] 哈丽特，希腊神话中美惠三女神之一。

[3] 维纳斯腰带，典故出自古希腊神话，维纳斯为爱情
女神，其腰带为爱情的象征。古希腊罗马时期，
女子结婚常把编成的彩带献给维纳斯女神以祈求
幸福。

[4] 阿里斑（1578-1660），一译阿里巴尼，意大利风
景画家。

我记得那美妙的瞬间

唱歌的人

你可曾听见有人在夜晚歌唱，
在树林里唱他的爱情与忧伤，
当清晨的原野还笼罩着宁静，
忽然响起呜呜咽咽的芦笛声——
　　你可曾听见？

你可曾看见他？当夜色迷茫，
唱歌的人唱他的爱情与忧伤。
你可曾看见他的泪痕与笑容，
还有那一双隐含幽怨的眼睛——
　　你可曾看见？

你可曾感叹？当他轻轻歌唱，
你听他唱自己的爱情与忧伤。
你和他在树林深处邂逅相逢，
觉察出他视线低垂流露愁情——
　　你可曾感叹？

（1816年）

少女

我告诫过你：要回避那娇媚的少女！
我知道，她叫人情不自禁为她着迷。
不检点的朋友！我知道，有她在场，
你无心旁顾，决不会追寻别的目光。
明知没有指望，忘记了甜蜜的负心，
她的周围燃烧着情意缠绵的年轻人。
他们都是幸运的宠儿，天生的骄子，
却向她恭顺地倾诉爱慕眷恋的情思。
然而那骄矜的少女厌恶他们的情感，
垂下明亮的眸子，既不听，也不看。

（1821年）

风暴

你可曾见过白衣少女

站立悬崖，面对波涛？

大海在昏暗的风暴里

抨击石岸，汹涌咆哮，

闪电放射紫红的光束，

时时把她的身影照耀，

海风激荡，回旋飞舞，

她的披巾正随风飘摇。

风暴弥漫的大海雄浑，

电光映红的天空妖娆，

但我敢断言那少女更美，

胜过海涛、天空与风暴。

（1825年）

渴望荣誉 [1]

当我沉湎并陶醉于温柔和爱情，

当我跪倒在你的面前默默无声，

凝视着你，心里想：我拥有你——

亲爱的，那时我何曾渴望荣誉？！

你知道，远离了浮华的社交界，

我再不想忍受诗人虚名的折磨；

长年累月的风风雨雨使人厌倦，

我根本不愿听嗡嗡营营的褒贬。

当你垂头俯视我目光脉脉含情，

人们的评判议论岂能把我打动？

你把纤手放在我头顶轻轻抚摸，

悄悄问：你可幸福？当真爱我？

你可会像爱我一样爱别的姑娘？

你是否爱上别人，就把我遗忘？

那时候不好意思我保持着沉默，

我整个身心享受着无上的欢乐，

我的脑海里根本没有想到未来，

没想到可怕的日子把我们分开……

没想到眼泪、痛苦、背叛、诽谤，

一股脑儿突然降落在我的头上……

这是怎么回事儿？我身在哪里？

如同荒郊野外的行人突遭雷雨，

一道刺目的电光在我眼前一闪，

四周的景物顷刻之间陷入昏暗！

此刻，一种新的渴望使我苦恼：

我渴望荣誉！我愿让我的荣耀

时时传到你的耳畔，让你惊喜，

愿我的名字随时随地环绕着你，

让你周围的传闻把我高声谈论，

你在沉默中谛听我忠诚的声音，

愿你牢牢记住我们分手的时候，

在花园的夜晚我那最后的祈求。

（1825年）

---

[1] 这首诗是写给沃隆佐娃（1792-1880）的，她是南
俄总督沃隆佐夫的夫人，曾与诗人相恋。

普希金情诗十三首

保佑我吧，我的护身符……

保佑我吧，我的护身符，

当我悔恨交加，身遭放逐，

请求你能对我加以保护，

你是我患难中得来的信物。

当海洋掀起了惊涛骇浪，

团团围住我，汹涌奔突，

当乌云密布，霹雳震荡，

保佑我吧，我的护身符。

我在异地他乡咀嚼孤寂，

感受着平静无聊的爱抚，

体验着战争烽火的恐惧，

保佑我吧，我的护身符。

闪耀着灵光的甜蜜欺骗，

燃烧在心头的神奇明烛……

烛光悄然隐退已经背叛，

保佑我吧，我的护身符。

但愿回忆永远也不触及

我记得那美妙的瞬间

心口的创伤而引起痛苦，

别了，希望；睡吧，思绪，

保佑我吧，我的护身符。

（1825）

致凯恩[1]

我记得那美妙的瞬间，

你——出现在我的面前，

宛如轻盈飘忽的精灵，

恰似至纯至美的天仙。

世事纷扰，嘈杂烦乱，

失望之中我忍受熬煎，

你声音温柔久久回荡，

我几度梦见你的容颜。

岁月流逝，往日幻想，

俱被暴雨冲尽风吹散，

我忘了你的声音温柔，

忘了你天仙般的容颜。

乡野荒僻，幽居昏暗，

哑默之中我度日如年，

没有偶像，没有灵感，

没有泪水、生命和依恋。

心灵复苏的时刻来临，

你又出现在我的眼前，

宛如轻盈飘忽的精灵，

恰似至纯至美的天仙。

陶醉的心儿急速跳荡，

复活的一切慰藉心田：

有了偶像，有了灵感，

有了泪水、生命和依恋。

（1825年）

[1] 安娜·彼得罗夫娜·凯恩（1800-1879），普希
金的女友和情人。诗人囚禁在米哈依洛夫斯克期
间，他们的相逢欢聚给了诗人灵感，谱写了这首
千古流传的爱情诗。

春天，春天……

春天，春天，恋爱季节，

你的来临让我多么难过，

我的胸膛，我的血液，

翻腾着令人痛苦的浪波……

心灵已经与欢乐隔绝……

光彩四射，雀跃欢呼，

带来的只有怅惘与折磨。

莫如给我飞旋的暴风雪，

给我黑暗而漫长的冬夜。

（1827年）

美人儿，不要对我唱歌……

美人儿，不要对我唱歌，

格鲁吉亚的歌曲太悲凉，

它使我想起另一种生活，

使我想起了遥远的边疆。

啊，你唱的声调太凄切，

勾起我心头的重重回忆，

回忆草原和远方的月夜，

还有月光下不幸的少女。

看着你，我便常常忘记

那命运坎坷的迷人倩影，

听你唱歌——我的心里

重新浮现出少女的面容。

美人儿，不要对我唱歌，

格鲁吉亚的歌曲太悲凉，

它使我想起另一种生活，

使我想起了遥远的边疆。

（1828年）

格鲁吉亚山冈夜色茫茫[1]……

格鲁吉亚的山冈夜色茫茫,

阿拉戈瓦河在我面前流淌。

抑郁又轻松,忧思明亮,

想念你,想得我百转愁肠,

想念你,唯独想念你一个,

剪不断的是平静的惆怅,

一颗心儿又在燃烧又在爱,

因为它不可能逃脱情网。

（1829年）

[1] 这首诗是写给娜达丽娅·冈察洛娃（1812-1863）
的,她被誉为莫斯科第一美女,后来成为诗人的
妻子。这首诗和下面一首《圣母》,都是献给妻
子娜达丽娅·冈察洛娃的。

我记得那美妙的瞬间

我曾爱过您……

我曾爱过您：也许，我的心中
爱的火焰尚未完全熄灭；
不过，别让这爱使您心绪不宁，
我不想让您有些微不悦。
我默默地、无望地爱过您，
时时忍受着怯懦与妒忌的折磨；
愿上帝挑选一个爱您的人，
能够像我这样真诚、这样执著。

（1829年）

圣母

十四行诗

用古代大师的许多名画
装点居室，不合我的心愿，
免得让来访者感到惊讶，
省得让鉴赏家郑重地评点。

一幅画挂在朴素的角落，
写作余暇我对它久久瞻仰，
就仿佛从云端凝视着我，
那是圣母和救世主的画像。

圣母庄严，圣婴智慧无量，
和蔼地俯视，沐浴着灵光，
身后有棕榈，没有天使陪伴。

我的愿望终于实现，造物主
把你赐给我，你是我的圣母，
你是纯美之中最圣洁的典范。

（1830年）

美人儿

她的容貌美妙又和谐，
超凡脱俗，丽质高洁；
娟秀中透出端庄凝重，
面含娇羞，文雅娴静；
她一双明眸环视四周，
没有敌手，没有女友；
我们一圈苍白的粉黛，
被她照耀得不复存在。

无论你匆匆去往何地，
纵然为爱情约会焦急，
无论有什么奇思妙想——
在你的心底秘密珍藏。
遇见她，你困窘慌乱，
不由自主地停步不前，
你心怀虔诚如对神明，
对美的极致由衷赞颂。

（1832年）

Фёдор Иванович Тютчев

丘特切夫情诗十首

费奥多尔·伊万诺维奇·丘特切夫（1803－1873），俄罗斯杰出的哲理诗人，出生于奥尔洛夫省一贵族世家，毕业于莫斯科大学语文系，长期任外交官，在德国和意大利工作和生活过二十多年。他擅长以诗笔探索哲理，分析人情世态，表现个人命运与社会历史的矛盾冲突及其悲剧性。他描绘俄罗斯的自然风光，能给山川草木赋予灵性。诗人的传奇式的婚外恋使他写出了独具风采的"杰尼茜耶娃组诗"，细腻入微地揭示了恋人的内心世界，欢乐与痛苦交织，喜悦同愧疚相连，爱情是心与心"残酷的决斗"，这独具慧眼的发现，使读者受到前所未有的心灵震撼。缠绵、哀婉、真挚、深刻，赋予组诗历久不衰的审美价值和艺术生命力。1857年诗人被推选为俄罗斯科学院通讯院士。俄罗斯白银时代的象征派与阿克梅派诗人都推崇他的诗作，把他视为自己的导师与先驱。

我记得黄金般的时刻……

我记得黄金般的时刻，
我记得心灵陶醉的处所。
天近傍晚，我们两个
脚下阴影里喧响着多瑙河。

伫立山冈，眺望天涯，
白色的鲁因古堡影影绰绰，
你，我年轻的仙女啊，
依傍布满青苔的岩石站着，

你仅用一只纤足站立，
足下经世累年的乱石残破；
而太阳正从容缓慢地
和山峦和古堡和你告别。

轻轻抚弄你的衣裳，
吹拂的清风是那样柔和，
野苹果树花儿芳香，
朝你秀美的双肩纷纷飘落。

你漫不经心望着远方……

闪光的远天正融入烟波；

白昼行将熄灭，河水

在昏暗的峡谷响亮地唱歌。

送别了幸福的一天，

你怀着无忧无虑的欢乐，

我们头顶飘过一片阴影，

那是急速流逝的甜蜜生活。

（1836年）

我记得那美妙的瞬间

我爱你的眼睛……

我爱你的眼睛，我的朋友，

当你热情如火的奇异目光

流转生辉伴随你蓦然抬头，

就好像天空中一道闪电，

在一瞬之间照亮了四周……

而当你低低垂下一双明眸，

就更加使人动情使人陶醉，

你满怀激情亲吻的时候，

欲火幽暗穿过蓬松的睫毛，

抑制不住地向外迸流！

（19世纪30年代中期）

思念的痛苦使人憔悴……

思念的痛苦使人憔悴，

我的心依然追寻着你——

真想挽留住你的身影，

当沉浸于幽暗的回忆……

一年四季，南北东西，

你的形象伴随我的踪迹，

恰似夜空中的一颗星，

永不改变，却难以企及……

（1848年）

涅瓦河上

涅瓦河水的轻柔波浪，

又一次闪烁粼粼星光，

爱情又把神秘的小舟

在波光星影之间摇荡。

穿过涟漪，飞向星空，

小舟滑行如驶进梦乡，

载着两个并肩的身影，

它顺流而下漂向远方。

这可是两个顽皮孩子，

在河上消磨闲暇时光？

还是两位快乐的天使，

辞别人间欲重返天堂？

涅瓦河，你优美宽广，

水波浩渺，犹如海洋，

请求你用无边的细浪，

把这小舟的秘密珍藏！

（1850年）

我记得那美妙的瞬间

定数

爱情，爱情，世代相传——

爱情是心与心的结盟，

是两颗心的融合、交流，

是不祥的光相互辉映，

又是一场残酷的决斗……

在力量悬殊的搏斗中，

两颗心哪一颗更温柔，

就注定它更忠于操守，

热恋，煎熬，忧伤，麻木，

痛苦，痛苦到难以忍受……

（1850年）

孪生兄妹

死和梦——是孪生兄妹，

对凡人说来这是两尊神，

他们长得几乎一模一样，

只不过前者阴森后者温顺……

世上还有一对孪生兄妹，

他们的美丽举世无匹，

双双具有可怕的魅力，

让忠诚的心为之痴迷……

结成必然的血缘之盟，

他们只有在致命时刻，

才以难以索解的秘密，

使我们为之惊心动魄。

谁在感触充盈的一瞬，

当血液沸腾复又冷凝，

没有受到你们的诱惑啊——

这孪生兄妹是自杀与爱情！

（1852年）

不止一次你听到表白……

不止一次你听到表白:

"我不配承受你的爱。"

虽然这爱是我一手缔造,

但面对它我却像个乞丐……

你那温柔丰沛的爱情,

使我痛楚地回想自己——

默默站立,头颅低垂,

我只能由衷地崇拜你……

有时候你也像我一样,

怀着这样的信念与祝愿,

不知不觉地双膝下跪,

俯视那无比珍贵的摇篮。

你的尚未命名的小天使,

你亲生的女儿安睡其中——

对于你那颗痴情的心啊,

请记住,我也如此虔诚。

(1851年)

你是我的大海波浪……

你是我的大海波浪，
你是纵情任性的波浪，
你时时洋溢神奇的活力，
无论你平静，还是欢畅！

无论你朝太阳微笑，
倒映万里长空的晴光，
还是你骚动，汹涌，
把无底的海搅得沸沸扬扬——

我愿听你轻轻的絮语，
爱情的甜蜜荡气回肠；
我理解你愤怒的抱怨，
你的呻吟预兆着不祥。

你的性格天生暴烈，
忽而阴郁，忽而开朗，
但在你湛蓝色的夜晚，
爱的信物请小心存放。

我不是把定情的戒指

我记得那美妙的瞬间

投进你的轻波细浪，

也不是把闪光的宝石

埋进你深深的海洋。

不——在那致命时刻，

迷恋于美的神秘光芒，

我把心，搏动的心，

存在海底，由你收藏。

（1852年）

最后的爱情

啊，在我们渐趋迟暮的年龄，

我们爱得更温柔，更真诚……

闪耀吧，闪耀，告别的光辉，

美丽的晚霞，最后的爱情！

昏暗已经笼罩了半壁天空，

只有西方还闪烁着一线光明，

傍晚时刻，慢些走啊，慢，

延长吧，延长，醉人的美景。

纵然血管里的血渐渐枯竭，

但永不衰败的柔情激荡心胸……

你是无上幸福，又是绝望，

爱情啊，爱情，最后的爱情！

（1852－1854年）

我又站在涅瓦河旁……

像许多年前一样，

我又站在涅瓦河旁，

似乎还像个活人，

注视着梦幻般的波浪。

蓝蓝的夜空没有星，

万籁俱寂，迷人又凄凉，

月亮的清辉流泻，

照在沉思的涅瓦河上。

这可是我亲眼所见？

还是我身在梦乡？

当你健在的时候，

我们曾欣赏月夜风光！

（1868年）

莱蒙托夫情诗十首

米哈伊尔·尤里耶维奇·莱蒙托夫（1814－1841），俄罗斯民族诗人，出生于莫斯科一贵族家庭，幼年丧母，由外祖母抚养成人，十六岁考入莫斯科大学，因参加学潮被勒令退学，毕业于圣彼得堡近卫军士官学校。他的诗悲怆激越，峭拔刚劲，其主旋律是叛逆、抗争、孤独、绝望，发出了时代的最强音。他与普希金齐名，是俄罗斯文学的双璧，是普希金诗歌传统的直接继承人。他在诗歌语言、形式、音韵节奏方面均有创新与建树。他的爱情诗写得刚柔相济、意象新颖、和谐流畅，深受俄罗斯广大读者喜爱，许多诗还被作曲家配上曲谱，世代传唱，成了俄罗斯名篇中的精品。

乞丐

一个垂死的穷汉枯黄消瘦，
站立在神圣寺院的门口，
饥饿、干渴和痛苦的折磨
使他伸出乞讨施舍的手。

目光中蕴含着哀痛与辛酸，
他只把一小块面包乞求，
但是在伸出的巴掌上面，
竟被人放置了一块石头。

我一如这样乞求你的爱情，
痛苦的流泪、满怀忧愁，
我心中全部美好的情感啊，
就被你欺骗得这样长久！

（1830年）

乌黑的眼睛

无数星星缀满夏天的夜空，

为什么你只有两颗星？！

南方的明眸，乌黑的眼睛，

遇见你叫我失去平静。

人们常常说，夜晚的星斗

是天堂里幸福的象征；

黑眼睛，你是天堂和地狱，

你的星光照彻我的心灵。

南方的明眸，乌黑的眼睛，

我从目光中阅读爱情；

自从我们相遇的一刻起，

你是我白天黑夜不落的星！

（1830年）

我记得那美妙的瞬间

美人鱼

沿着蔚蓝色的江水畅游，

　　美人鱼身披圆月的银光；

她奋力拍打银色的波浪，

　　想让浪花飞腾溅湿月亮。

江水回旋，哗哗作响，

　　云影天光随波纹跳荡；

美人鱼吟唱一支歌曲，

　　歌声飞到陡峭的岸上。

听美人鱼这样歌唱：

　　"我的江底白昼般明亮，

成群的金鱼在水中回翔，

　　那里的城堡像水晶一样。

在茂密芦苇的阴凉中，

　　在明光闪烁的沙枕上，

为嫉妒之波俘虏的勇士，

　　那异国的勇士睡得正香。

我们梳理柔丝般的鬈发，

趁着夜色冥冥四处茫茫，

中午时分我们亲吻美男子，

　　吻他的双唇和英俊面庞。

对我们饱含深情的亲吻，

　　他不予理睬，冷若冰霜，

倚在我怀里沉沉酣睡，

　　竟然不呼吸，他一声不响……"

在蔚蓝的江上这样歌唱，

　　美人鱼怀着难言的悲伤，

江水哗哗，回旋流淌，

　　云影天光随波纹跳荡。

（1832年）

我们已分手……

我们已分手，但我心中

依然珍藏着你的倩影，

像美好年华的淡淡痕迹，

它仍然愉悦我的心灵。

难以忘记你的音容笑貌，

虽然沉湎于新的欢情：

冷落的庙宇毕竟是庙宇，

推倒的偶像还是神明！

（1837年）

囚徒

快为我打开牢房，

快让我重见阳光，

还给我青鬃烈马，

还给我黑眼睛的姑娘。

我先要甜蜜地亲吻

年轻美貌的女郎，

然后将飞身跃马，

驰向草原如疾风一样。

沉重的牢房挂着铁锁，

牢房有个高高的小窗。

眸子乌亮的年轻姑娘，

远在华美绚丽的绣房。

一匹野马挣脱了缰绳，

自由驰骋在绿草地上，

它奔腾跳跃格外欢畅，

高耸的马尾随风飘扬。

我孤孤单单抑郁忧伤，

四周只有光裸的高墙，

那一盏残灯昏黄暗淡，

摇曳着行将熄灭的光。

我只听见——牢门外

单调呆板的脚步声响,

驯顺的看守走来走去,

在寂静之夜监视牢房。

（1837年）

短剑

我爱你，纯钢铸成的短剑，

我闪闪发光的冷峻伙伴，

沉思的格鲁吉亚人锻造你为了复仇，

自由的契尔克斯人磨锐你为了恶战。

如花的妙手把你送到我面前，

分别时刻，作为深情的纪念，

第一次顺着剑锋流淌的不是鲜血，

而是痛苦的结晶啊——珠泪点点。

一双乌黑的眼睛向我凝视，

眸子里充满了神秘的哀怨，

像你的钢锋映照跳荡的烈火，

忽而发亮，忽而变得幽暗。

爱情的无言信物，你陪我上路，

你是漂泊者堪加珍重的典范：

像你一样，像你一样，钢铁之友，

我将心肠坚定，永远忠贞不变!

（1838年）

谢

为了一切我向你表示感谢：

为了情欲带来的内心焦灼，

为泪水的酸楚亲吻的毒液，

为敌人的报复朋友的污蔑，

为消耗在荒原的心灵火热，

为平生欺骗过我的一切……

但恳求你安排妥帖，让我

今后不再长久地向你致谢。

（1840年）

又寂寞又悲伤……

又寂寞又悲伤，在这心神郁闷的时候，

　　没有人分担我的忧愁，

期望！……徒劳而长久的期望何用之有？

　　岁月蹉跎，金色年华似水流！

恋爱？……谁是意中人？短暂的爱易于到手，

　　但是难啊，难以爱得持久。

自我反省吗？欢乐与痛苦全都无足轻重，

　　过往的踪迹已渺茫难求。

激情为何物？——须知那些迷人的症候，

　　迟早会被理智的言辞驱走；

而生活——竟如此空虚，如此愚昧可笑，

　　当你以冷静的目光环视四周……

（1840年）

梦

达格斯坦峡谷烈日炎炎，

一动不动胸膛中了枪弹，

我的伤口深深冒着热气，

一滴滴的鲜血快要流干。

我独自横卧峡谷的沙地，

四周是密集的峭壁巉岩，

太阳烤焦了发黄的顶峰，

烤得我沉入死亡的梦幻。

我梦见在我可爱的家乡，

正举行灯火辉煌的晚宴，

一群佩戴着鲜花的少妇，

谈论起我来是那样喜欢。

但有个少妇却无心谈笑，

她坐在人群里心烦意乱，

年轻的心沉入忧伤梦境，

上帝才知道她为谁忧烦。

她梦见了达格斯坦峡谷，

峡谷里的尸体她能分辨；

胸前伤口乌黑正在冒气，

血液流淌像清凉的山泉。

（1841年）

　　我记得那美妙的瞬间

不，我热切迷恋的并不是你…… 一

不，我热切迷恋的并不是你，

你虽妩媚俏丽我却并不动心，

看着你，我爱我痛苦的往昔，

看着你，我爱我凋谢的青春。

二

有时候我偶尔会把你注视，

目光深沉久久凝望你的双眼：

我心中荡漾着神秘的话语，

然而我的心并不是和你交谈。

三

我和年轻时的女友暗叙旧情，

透过你的形体寻找她的容颜，

和你相像的芳唇已悄然沉默，

和你相像的明眸已熄灭光焰。

（1841年）

莱蒙托夫情诗十首

Чугуево 21 июня

И. Репин

Афанасий Афанасьевич Фет

060

费特情诗十一首

阿方纳西·阿方纳西耶维奇·费特（1820－1892），俄罗斯纯艺术派诗人，出生于奥尔洛夫省一地主家庭，父亲姓申欣，母亲是德国人，姓费特。1844年毕业于莫斯科大学哲学系语文专业，曾在军队服役多年。作为纯艺术诗派的领袖，他认为诗歌艺术的唯一目的就是追求美，因而高度重视诗歌的形式和音乐性。他善于把握和表现稍纵即逝的瞬间感受和印象，在格律音韵、诗节结构、遣词造句方面颇多创造。他的爱情诗清新雅致，和谐优美，历来受人称道。他与少女玛利亚·拉济奇悲剧性的恋情，刻骨铭心，终生难忘，成为他古稀之年创作情诗的灵感源泉。大文豪托尔斯泰十分器重他的才华，与他保持真挚的友谊长达几十年。柴可夫斯基称赞他是诗人音乐家，为他的许多抒情诗谱曲，使他的诗歌流传日广。

黎明时你不要把她叫醒……

黎明时你不要把她叫醒，
霞光里她睡得这样香甜；
胸脯呼吸着清晨的气息，
双腮的笑靥妩媚、鲜艳。

头下的靠枕散发出温热；
疲倦后的睡眠分外沉酣，
乌黑的发辫像条条丝绦，
从两侧滑落在她的双肩。

要知道在昨天黄昏以后，
她很久很久倚坐在窗前，
凝望着一轮皎洁的明月，
飘飘然穿行在浮云之间。

她一心一意想透过黑暗，
谛听出夜莺在何处鸣啭，
她的心怦怦跳悬在半天，
忽而落在了喧响的花园。

月亮的银辉越来越明媚，

夜莺的歌声越来越委婉，

她的脸色却越来越苍白，

一颗心愈发痛苦得发颤。

晨光因此照耀她的胸脯，

火焰一般映红了她的脸。

你不要叫醒她，不要叫，

霞光里她睡得这样香甜。

（1842年）

我记得那美妙的瞬间

我来看望你向你祝福……

我来看望你向你祝福，

我想说太阳已经东升，

和煦的阳光照耀草木，

闪亮的叶子相交辉映；

我想说森林已经苏醒，

每条树枝儿都在颤动，

每只鸟儿都抖擞羽翎，

林中洋溢春天的憧憬；

我想说我又一次来临，

怀着一如昨日的赤诚，

为了你同时也为幸运，

甘愿奉献出我的心灵；

我想说打从四面八方

向我吹拂着欢乐的风，

我不知道该唱些什么——

成熟的歌却直撞喉咙。

（1843年）

费特情诗十一首

风流女子

对于斥问声不予回答，
他识破了狡诈的问题，
用手指在沙土上勾画，
沉思的头颅垂得低低。

躺在尘土里连连喘息，
她，那与人私通的妻，
一个金发的犹太女子，
在他面前有罪又美丽。

她的两只肩膀裸露，
一双标致的眼睛紧闭，
透明的手指沾满了
作为人妻的痛苦泪滴。

他醒悟了，她的天性
对于堕落该多么痴迷：
就像一株幼小的棕榈——
欢乐与死是一次呼吸。

（1843年）

耳语，怯生生的呼吸……

耳语，怯生生的呼吸，
　　夜莺的鸣啭，
轻轻摇曳的梦中小溪，
　　银色的波澜。

月光溶溶，夜色幽冥，
　　幽冥无边际，

迷人面庞变幻的表情，
　　神奇的魅力。

云霄里，玫瑰的嫣红，
　　琥珀的明亮，
频频亲吻，珠泪盈盈，
　　霞光呀霞光！……

（1850年）

飘忽不定的乐曲……

飘忽不定的乐曲

在我的床头流泻、回旋。

乐曲倾诉离愁，

颤动着未能如愿的爱恋……

真可谓时过境迁！

那时候不晓得欢情缱绻……

为无形力量所驱使，

心儿为什么忍受着熬煎？

或许是一时幻觉？

那最后的温柔旋律中断，

当一辆邮车驶过，

在扬尘的街道渐去渐远……

突然，飘忽的乐曲，

离愁中交织失意的爱恋，

似响亮的节奏流泻，

又一次在我的床头回旋……

（1853年）

多么幸福……

多么幸福，夜，只有我们两个!

明镜似的小河，波面上星光闪烁，

喏，你瞧……抬起头来你瞧瞧:

我们头顶是多么深邃清澈的天色!

噢，任你说我癫狂吧，任你说;

此时此刻我的理智早已沉入旋涡;

我觉得心中翻腾着爱情的波浪，

我不愿，我不会，我不可能沉默!

我痛苦，我陶醉，噢，你听着!

真情难掩饰，你记住，爱情折磨我，

因此我必须要对你说: 我爱你——

我爱你! 苦苦眷恋的只有你一个!

（1854年）

又一个五月之夜

多美的夜色！温馨笼罩了一切！
午夜时分亲爱的家乡啊，谢谢！
挣脱冰封疆界，飞离风雪之国，
你的五月多么清新，多么纯洁！

多美的夜色！繁星中的每颗星，
重新又温暖柔和地注视心灵，
空中，尾随着夜莺婉转的歌声，
到处传播着焦灼，洋溢着爱情。

白桦期待着。那半透明的叶子，
腼腆地招手，抚慰人们的目光。
白桦颤动着，像婚礼中的新娘，
既欣喜又羞于穿戴她的盛装。

啊，夜色，你温柔无形的容颜，
到什么时候都不会使我厌倦！
我情不自禁唱着最新的歌曲，
又一次信步来到了你的身边。

（1857年）

给唱歌的少女

请把我的心带到歌声响彻的远方，
　　忧伤像隐没林间的月亮；
爱情的柔和微笑伴随着声声歌唱，
　　映照你灼热的盈盈泪光。

啊，姑娘！在看不见的涟漪之中，
　　我领会你的歌心驰神往：
沿一线银色轨迹漂浮向上，向上，
　　我像影子晃动追随翅膀。

你的歌声闪烁着火光在天际渐熄，
　　似傍晚的彩霞融入海洋——
我不明白在什么地方，蓦然之间，
　　无数珍珠流泻玎玐作响。

请把我的心带到歌声响彻的远方，
　　淡漠的忧伤与微笑相仿，
我沿一线银色轨迹漂浮向上飞翔，
　　似影子晃动追随着翅膀。

（1857年）

旧日情书

久已忘怀，蒙了一层尘土，
偶然又看到珍藏多年的情书，
埋在心底的一切顷刻复活，
我的心灵不由得又陷入痛苦。

视线燃烧着羞愧的火焰，
又目睹爱情、信任和希望，
那褪色字体的动人语言，
让我的血从心中涌向面庞。

我受你们谴责，你们是我
心灵之春与阴暗冬季的见证。
像我跟她分手的可怕时刻，
你们依然开朗、神圣、年轻。

我不该受背叛声音的引诱——
除了爱情世界上还另有所求！
我鲁莽地推开了写信人的手，
我自己宣判了永久的分离，
怀着冰冷的心向远方奔走。

何必带着往日动人的微笑

注视着我，又把爱情倾诉？

苦涩的泪洗不去诗中愧疚，

心杳然，我怎能得到宽恕？！

（1859年）

只要我面对你的微笑……

只要我面对你的微笑

或目睹你喜悦的秋波，

就歌唱百看不厌的美，

而不是为你唱情歌。

据说，歌手赞美玫瑰，

每当霞光灿烂的时刻，

那歌声回荡如痴如醉，

在花坛上空缕缕不绝。

花园仙女正值芳龄，

静默无语，优雅纯洁：

只有歌儿才需要美，

而美却从来不需要歌。

（1873年）

另一个我

像百合花凝视山间的小溪，
你俯瞰着我的第一支歌曲，
这里有没有胜负？胜利属于谁？
溪水胜了花儿？花儿胜了溪水？

你稚嫩的心灵想必完全理解，
神秘的力量驱使我说些什么，
失去你注定了我的生活悲凄，
但神魄相系，我们永不分离。

你坟上的茅草是那样遥远，
长在我心头，越老越新鲜，
我知道，当我仰望夜空的星辰，
你陪我一道观望，超脱而成神。

爱情自有语汇，那语汇不朽，
我和你会有受人关注的时候，
与众不同，人群中走出我和你，
我们神魄相系，我们永不分离！

（1878年）

076

涅克拉索夫情诗八首

尼古拉·阿列克谢耶维奇·涅克拉索夫（1821－1878），
公民诗派即革命民主主义诗派的代表性诗人，出生于乌克
兰波多尔斯克省一军官家庭。1838年赴圣彼得堡，因违
背父亲让他进武备学堂的意愿而受到严惩，失去接济，陷
于贫困，但矢志不移，仍坚持写诗，后结识别林斯基，走
上了批判现实主义道路，关注城市贫民和农民的命运，立
志做公民诗人。他的代表作《诗人与公民》、《铁路》、
《红鼻子雪大王》和《谁在俄罗斯能过好日子？》，在
俄罗斯诗歌史上占有重要地位。他曾先后主持编辑《现代
人》和《祖国纪事》两本进步杂志。他的抒情诗题材广
泛，贴近现实，抒情与叙事紧密结合，情感真挚，爱憎分
明，具有浓郁的生活气息和强烈的艺术感染力。诗人与帕
纳耶娃相爱多年，既有欢乐，也有痛苦，他的爱情诗字里
行间融进了爱恨交织的复杂情感。

我不喜欢你的冷嘲热讽……

我不喜欢你的冷嘲热讽，

请把嘲讽留给过去和未来，

我和你曾经热烈地相爱，

至今还残存着几分恋情，

我们何苦过早地相互嘲弄？！

趁着你依然羞怯、温柔，

趁着继续幽会合你的心意，

趁着嫉妒的惊恐与幻想

一直还骚动在我的心里，

你不要加速注定的分离！

分手的日子本来就不遥远：

最后的渴望使我们沸腾，

但神秘的悲怆潜藏心中，

恰似秋天的河水更激荡，

而翻腾的河水更寒冷……

（1850年）

从前，我被你疏远……

从前，我被你疏远，
在这河岸上来回行走，
心里充满不祥的预感，
真想一头扎进激流。

河水是那样澄澈透明。
我在陡峭的岸边站立——
波浪忽然间变得幽暗，
没跳河是由于恐惧。

后来，满怀幸福与爱意，
我们在岸边常流连忘返，
你也曾感谢运河波浪，
劝阻了我自寻短见。

如今，我早已被你忘怀，
孤零零承受岁月熬煎，
我又在这河岸上徘徊，
破碎的心阵阵抖颤。

那个念头又重新出现——

我记得那美妙的瞬间

我又站在陡峭的岸边，

但是波浪已不再拦阻，

反而呼唤我跳进深渊……

（1855年）

你微黑的可爱面庞……

你微黑的可爱面庞

现在何处微笑？向谁？

唉，真是孤寂难忍！

我不能告诉任何人！

至今还记得往日黄昏，

你常常含笑来临，

我和你相伴无忧无虑，

两个人何等开心！

你善于表达情感，

脉脉柔情似水，

记得吧？我牙齿晶莹，

尤其让你心醉。

你也曾反复欣赏，

亲吻它们，那样温存！

但我空有一副牙齿，

终究留不住你的心……

（1855年）

你百依百顺……

你百依百顺，满怀柔情，

做他的奴隶也心甘情愿，

而他对此却无动于衷，

神色阴郁，态度冷淡。

你可记得……记得从前？——

你年轻、高傲、娇艳，

你戏弄他时面带威严，

那时候他对你多么迷恋！

这就像秋天冷清的太阳

在没有云彩的碧空高悬；

而夏天它放射喷薄之光，

曾经穿透暴风雨的昏暗……

（1856年）

离别

我们在半路途中分手，

离别在不该离别的时候，

心想：一声绝情的珍重，

便能勾销痛苦与忧愁……

我想哭，却没有力气。

请写信——我只有一点请求……

这些信对于我亲切而又神圣，

仿佛是坟墓上的鲜花——

这坟墓就在我的心头！

（1856年）

我记得那美妙的瞬间

别了！……

别了！请忘却堕落的日子，

忘却烦恼、沮丧与悔恨——

忘却雨暴风狂，忘却眼泪，

忘却威胁、妒忌与责备！

但有些日子，爱情的太阳

向我们洒下亲切的光辉，

我们兴致勃勃地一道行走——

请别忘记，该给予赞美！

（1856年）

给济娜

你还有继续生活的权利，
我却正走向岁月的黄昏。
我快死了，荣誉将消失，
你不要惊讶，不要伤心！

记住吧，孩子：光辉——
不会持久照耀我的名字，
斗争妨碍我成为诗人，
而诗歌妨碍我成为战士。

谁效力于时代的伟大目标，
他会毫不犹豫献出生命，
斗争，让人与人成为兄弟，
只有这种人才能够永生。

（1876年）

燃烧的情书

情书燃烧！……再不会重写，

虽然你说写，你笑着答应……

情书凝结着依恋，诉诸心灵，

一起燃烧的岂不也是爱情？

生活尚未把情书叫作谎言，

也没有证实有虚伪的内容……

而那只满怀柔情写信的手，

焚烧爱的书简竟那样绝情！

你下了决心作自由的抉择，

我不再奴隶似的俯首听命，

你沿着陡峭的梯子攀登，

竟让那阶梯一瞬间烈火升腾！……

疯狂的一步！也许命中注定……

……………………………………

（1877年）

涅克拉索夫情诗八首

1883. Кордова 15...

巴尔蒙特情诗九首

康斯坦丁·德米特里耶维奇·巴尔蒙特（1867－1942），俄罗斯象征派诗人，出生于弗拉基米尔省一贵族家庭。1886年入莫斯科大学法律系读书，因参加学潮被开除学籍。他是白银时代最富盛名的诗人，曾被推举为"诗歌之王"。他擅长抒发瞬间的内心感受，诗句华美，追求韵律的音乐性，被誉为"俄罗斯诗坛的帕格尼尼"，1921年流亡国外，主要诗集有《北方天空下》（1894）、《寂静》（1898）、《燃烧的大厦》（1900）和《我们将像太阳》（1903）。他和女诗人米拉（洛赫维茨卡娅）的婚外恋既得到人们的赞赏，又受到非议。他的爱情诗写得语言华美，音韵轻灵，历来被视为名篇佳作。

爱情的语言……

爱情的语言向来凌乱，

像黎明时刻天上的星星，

像颗颗珠钻，簌簌抖颤；

像旷野淙淙作响的清泉，

从洪荒远古流到今天，

还将流淌，流淌到永远；

永远颤抖，随处蔓延，

像光，像空气无所不在，

像芦苇一样轻轻摇摆，

像沉醉的鸟儿翅膀震颤，

与另一只鸟儿追逐嬉戏，

翩翩飞舞，飞向云间。

（1890年之前）

我想得到你……

我想得到你，我的幸福，

我的美人儿世间难寻！

你是阴霾昏暗中的太阳，

你是露珠滋润烧灼的心！

生出爱情的羽翼飞向你，

我与命运抗争奋不顾身。

我像被雷电焚毁的禾穗，

向你叩拜甘愿化为灰烬。

为了陶醉于甜蜜亢奋，

付出生命我在所不惜！

即便以犯罪作为代价——

我也愿意得到你！

（1894年）

我记得那美妙的瞬间

我知道……

给玛·洛赫维茨卡娅 [1]

我知道有一天看见你，

　　我会爱你，爱到永远。

从女人当中选中女神，

　　我期待，我的爱情无限。

假如处处的爱都是骗局，

　　我们也将分享爱的甘甜。

我和你如还能再次相遇，

　　挥手告别将像路人一般。

罪孽、微笑、梦幻时刻，

　　我和你之间相距遥远，

这个国家是为我们缔造，

　　没有爱，也没有缺陷。

（约1895年）

[1] 玛·洛赫维茨卡娅（1869-1903），俄罗斯女诗
　　人，笔名米拉，擅长写爱情诗，1896年荣获俄罗
　　斯科学院颁发的普希金奖。

我将痛苦地把你等待……

我将痛苦地把你等待，

我愿等待你很长岁月，

你的吸引力特别甜蜜，

你会答应永远跟随我。

你是昏暗中一缕光线，

你默默无言令人慌乱，

引发情欲，难以形容，

这情欲我还不曾体验。

你的微笑总那样温和，

你常腼腆地低垂面庞，

走起路来你步态不稳，

仿佛飞行的鸟儿一样。

沉睡的情感被你激醒，

知道你不为眼泪所动，

你的目光总投向别处——

一双深邃莫测的眼睛。

不知道你是不是喜欢

我记得那美妙的瞬间

跟我唇贴唇亲密接吻，

不知道还有什么欢乐——

当我能跟你单独谈心。

难料你可会突然消失，

可会像流星再不出现，

但我将等待可心人儿，

我将等待你直到永远。

（1899年）

我记得那美妙的瞬间

委身于我而不指责……

亲吻，一句话不说，
委身于我而不指责。
——她像天上舒卷的云，
她像大海深不可测。

不会说"不"加以拒绝，
她不期待什么允诺。
——她像一阵清凉的风，
她像破晓时刻的夜色。

既不害怕报应惩罚，
也不担心损失什么。
——她像星星永远闪光，
她像神奇的一轮明月。

（1903年）

我跟她久久温存……

我跟她久久温存直到黎明，
吻她的芳唇，吻她的双肩。
她终于轻轻说道："好啦！
别了，心上人，下次再见。"

时间已飞逝。我站在海岸。
光裸的美人鱼在浪中摇晃。
不是昨夜晚月光下的少女，
不，不是，是另一个姑娘。

把她推开，我跌倒在沙滩，
美人鱼面带冷笑开始唱歌：
"深深的大海，辽阔无边，
海里有很多少女很多贝壳。

什么人听见了海浪的吟唱，
就会永远充满无穷的幻想。
我们来自很深很深的海底，
那里有很多贝壳很多姑娘。"

（1900年）

我记得那美妙的瞬间

她像夜晚

她来到我身边，默默不语像夜晚，

她像夜晚凝视，一双眼睛紫罗兰，

温润的露珠闪烁着星星的幽光，

她来到我身边，惟妙惟肖像夜晚，

与静悄悄善解人意的夜晚一样。

在无言的镜子里有另外一个我，

她目光奇异把深邃的奥秘破解，

我像她的面容，她像我的影子，

望着非凡的河湾我们双双沉默，

河湾燃烧星光，深沉且又神秘。

（1911年）

塔玛拉

在通往幸福、欢乐的路上，

我遇见了你。天已很晚。

弯弯的虔诚嘴唇红似火焰，

一双乌黑的眸子如在呼唤。

我爱上了你，一见钟情。

一瞬之间。你倚着房门，

扔给我花束。真有意思，

说是等候神灵挑选的人。

你让我目睹隐燃的烈火，

你为我开启神秘的屋门，

你用心火点燃另一颗心。

我爱你，美丽的塔玛拉。

我献给你的礼物是燃烧。

你是太阳啊，金光闪耀！

（1914年）

给契尔克斯少女

我想把你喻为垂柳，柳丝轻柔，
俯身向流水，听水韵叮咚鸣奏。

我想把你喻为白杨，稚嫩水灵，
凝视水面涟漪，仰望辽阔天空。

我想把你喻为百合，花朵摇曳，
你的身姿苗条，步履轻盈和谐。

我想把你喻为印度舞女，姑娘，
立刻就要翩翩起舞，星眸闪亮。

我想把你喻为……但比喻乏味，
因为世间的女子谁也不如你美！

（1919年）

ESSLINGEN
SONNTAG
16.06.91.

勃留索夫情诗十首

瓦列里·雅可夫列维奇·勃留索夫（1873－1924），俄罗斯象征派诗人，出生于莫斯科一商人家庭，毕业于莫斯科大学文史系。在大学求学期间，受法国象征派影响，主编诗集《俄国象征主义者》。1899年他创办《天平》杂志和天蝎出版社，为象征诗派开辟了出版阵地，从而成为象征派公认的领袖和先驱。他的诗风较为明朗，从容大度，闪耀着学识与智性之光。高尔基称赞他是"最有文化素养的作家"。他的重要诗集有：《杰作》（1895）、《给城市和世界》（1903）、《花环》（1906）、《影之镜》（1912）、《彩虹七色》（1916）、《瞬间》（1922）等。他的爱情诗写得语言凝练，内容厚重，尤其是写历史人物的情诗，如《克娄帕特拉》、《安东尼》，十分出色。他追求诗的音韵新颖，如《别后重逢》三行诗节的连环韵aba bcb cdc ded……就非常别致，译诗尽力接近原作的音韵形式。

我和她相遇……

这是一个古老的童话，

但是它注定万古长青……

　　　　　　——海涅[1]

我和她相遇纯属偶然，

少年的我顿生依恋，

思慕之情为忧伤遮掩，

很久很久秘而不宣。

金色的瞬间终于降临，

我把这秘密吐露出来；

我看她面颊羞起红晕，

听到了回答："我也爱。"

欣喜的目光从而交织，

嘴唇与嘴唇相吻相融……

这是一个古老的童话，

但是它注定万古长青！

（1893年）

[1] 海涅（1797-1856），德国著名诗人。

勃留索夫情诗十首

别后重逢

这个环境曾一度遗忘：
花园沉寂，月光清冷，
姑娘头倚着他的肩膀。

年轻诗人想表白爱情，
面对姑娘他感到不安，
又试图捕捉爱的回应。

很久以前就不再相见！
只有黑夜里睡意矇眬，
偶然间才会把她思念。

怎么在这里再度相逢，
相互拥抱，再次亲吻，
头顶的松树犹如帐篷。

年华流逝，快似声音，
幻想中岁月如雾弥漫，
似乎我们从不曾离分！

一颗流星划过了蓝天，

我记得那美妙的瞬间

告别时姑娘轻轻耳语：

　"我属于你，永远永远！"

我独自行走；楼房沉寂，

昏睡的教堂如同幽灵，

我心想，这虚伪的预期。

远方的夜莺歌唱爱情，

月光啊永远那么奇幻，

低垂的树枝搭起篷帐！

你们暗示火热的欺骗，

你们创造迷人的奥秘，

我的梦呓美妙却短暂。

我在内心里寻求战栗，

寻求新鲜预感的抱怨……

不对，你骗不了自己！

我把珍宝深藏于情感，

我将把它们写进诗行，

只愿对艺术作出奉献。

我就像个空酒瓶一样，

浑身发冷，痛苦抖颤，

情欲之火迸发即死亡。

姑娘！我的吻是欺骗：

我说"我爱"不是真情。

没有谁值得我去爱恋，

爱别人根本就不可能！

（1895年）

我记得那美妙的瞬间

春天

一朵玫瑰在纤细的枝条上呼吸，
姑娘把花体字母刻在结冰的玻璃。

鸽子隐隐约约从雪原上飞过，
整个早晨因预感到柔情而焦灼。

姑娘很久很久伫立在窗前，
隔海对岸春天已是百花吐艳。

夜幕降临，梦境抚慰人寰，
夜寂静，姑娘为谁哭泣伤感？

这一夜凋谢了无泪的白玫瑰。
到早晨鸽子掠过，向远方疾飞。

（1896年）

我爱你和天空……

我爱你和天空，我只爱天空只爱你，
我怀着双重的爱，为爱而生存呼吸。

明亮的天空——永恒：永远可爱的眼睛。
明亮的视线——永恒：包容我们的天空。

仰望天空的辽阔：天空吸收我的视线。
注视可爱的明眸：其中同样时空悠远。

视线深邃，天空难测！我像戏水的天鹅，
我在幻想中飞翔，往来于这双重的空阔。

我们降落大地，在相爱中又飞向天空，
我只爱天空只爱你，怀着炽热的真情。

（1897年）

我记得那美妙的瞬间

给女人

女人——你是书籍中的诗集，

女人——你是卷起来的文稿，

狂热的激情充满了每行词句，

每页的语言和内涵无比深奥。

女人——你是巫婆酿的魔酒，

一沾嘴唇，立刻就火烧火燎；

火苗压制饮酒者的高声呼喊，

他疯狂地赞美，忍受着煎熬。

女人——因此你能掌握真理。

世世代代头戴着星星的王冠，

在我们的深渊中你就是神仙！

为了你，我们承受艰难困苦，

为你效力，我们敢倒海搬山，

自古来为你祈祷，祝你平安！

（1899年）

克娄帕特拉[1]

我是克娄帕特拉，我是女王，

整整一十八年我是埃及的主宰，

永恒的罗马覆灭，拉基特王朝消亡，

棺椁并没有保存我可怜的遗骸。

在世界的伟业中我微不足道，

我的全部岁月是连续不断的享乐，

狂热地沉溺于淫荡，自取毁灭，

不过，诗人啊，你还得听命于我！

虚无缥缈的幽灵让你迷醉不休，

像征服帝王一样我又把你引诱——

我又成了女人，在你幻想中浮现。

你永世不朽是靠艺术神奇的威力，

我世代长存凭借着娇艳和情欲，

我整个生命是万古流芳的诗篇！

（1899年）

[1] 克娄帕特拉（公元前69-前30），埃及托勒密王朝
 的末代女王，公元前51至公元前30年在位，以美
 艳淫荡著称于世，世称埃及艳后。

唐璜

是的，我是水手！我寻觅海岛，
漂泊在茫茫大海，狂妄又大胆。
我渴望异域风情，别样的花草，
怪诞的方言以及陌生的高原。

女人走来，听从情欲的呼唤，
目光中只有祈求，个个温顺。
把恼人的遮羞面纱抛在一边，
她们奉献一切：痛苦与亢奋。

恋爱季节能彻底袒露心灵，
圣洁而深沉愈发看得分明，
每次都属必然，经历独特。

不错！我毁人性命像吸血妖魔！
但每一颗心灵都是崭新的世界，
莫测的奥秘又一次产生诱惑。

（1900年）

我记得那个傍晚……

天近黄昏，我们两个。

——丘特切夫

记得那傍晚，那夏天，
莱茵河上涨水快平岸，
古老的科隆变得幽暗，
上空笼罩金色的光线，
在这朝圣的庙宇之中——
你的目光里含着爱恋……

什么地方传来了歌声，
那是一支古老的情歌。
一阵清风吹来了歌声，
依稀可闻，渐趋微弱，
歌声缭绕莱茵河上空，
渐渐融入呜咽的浪波。

我们相爱！我们沉醉！
忘了是永恒还是瞬间！
双双沉入甜美的秘密，
我们觉得：我俩相恋，

如诗如歌，似乎活在

亨利希·海涅的诗篇！

（1904年）

安东尼[1]

安东尼，你像个巨人，

面对霞光灿烂的天空，

屹立在往昔辉煌岁月，

你是难忘的光明之梦。

执政的高官争夺子民，

各个帝王都争夺权力，

但是你永远年轻英俊，

唯一的祭坛献给情欲！

傲岸的你把胜利桂冠，

治世权杖，部队的牺牲，

挥手之间都掷向天平——

你断定爱情分量更重！

当世界命运尚待决定，

战争的波涛奔腾翻滚——

你甘愿舍弃执政桂冠，

用猩红官袍换取一吻！

当一举关涉世代荣辱，

必须当机立断的时刻，

你扭转了自己的船舵，

只为一睹迷人的眼波。

你的爱情，犹如光轮，

照耀为爱而死的人们！

历经嘲讽羞辱与死亡，

才能理解你高尚的心！

哦，请给我这般命运，

即便战斗还没有打完，

做个逃兵，离开战舰——

我要去追赶埃及航船！

（1905年）

[1] 安东尼（公元前82-前30），罗马统帅，恺撒的部
　　将，公元前44年任执政官，公元前43年，与屋大
　　维结成联盟，打败刺杀恺撒的共和派贵族，出治
　　东部行省。公元前37年，与埃及女王克娄帕特拉
　　一见钟情，抛弃自己的战船和将士，匆匆追赶随
　　船队撤退的埃及女王，女王为之感动，遂与他结
　　为伉俪。公元前31年，罗马元老院与屋大维联合
　　兴兵，安东尼战败，自杀身亡。

勃留索夫情诗十首

献给爱神的颂歌

为了这奇妙瞬间持久延续，

为了半睁半闭的矇眬眼波，

为了温润的唇紧贴我的唇，

为了这里悠悠燃烧的灯火，

为了心与心交融共同跳动，

相思相恋由一声叹息联接——

　　　你啊，阿佛洛狄忒[1]，

　　　请接受我的颂歌！

为了田野黯然失色的日子，

等待北风卷来寒潮的时刻，

你的光像剑在我头顶闪烁，

我的花园又变得明丽炽热，

北风吹不败一片葱茏绿色，

远方乐曲飞扬，开遍花朵——

　　　你啊，阿佛洛狄忒，

　　　请接受我的颂歌！

为了将来必然实现的一切，

为了这个梦很快就要完结，

我看见相互拥抱着的臂膀，

愁云密布时刻不得不分别，

爱情把她的奴仆引向地狱，

热切的情欲之中隐含毒液——

　　你啊，阿佛洛狄忒，

　　请接受我的颂歌！

（1920年）

[1] 阿佛洛狄忒，希腊神话中的爱神，宙斯的女儿，一
　　说诞生于大海的浪花。有关她的传说是西方爱情
　　诗歌取之不尽的源泉。

勃留索夫情诗十首

Venezia
10. 191.

阿赫玛托娃情诗九首

安娜·安德列耶夫娜·阿赫玛托娃（1889－1966），阿克梅派诗人，本姓高连科，出生于敖德萨一海军机械工程师家庭，曾就读于皇村中学、基辅女子高等学校，1910年与诗人古米廖夫结婚。她十一岁开始写诗，诗集《黄昏》（1912）和《念珠》（1914）的出版，受到诗坛的重视和好评。她的作品风格委婉细腻，语言凝练，篇幅短小，善于在抒情中糅进戏剧性冲突，注重生活细节，常以白描手法抒发女性心理、爱情体验和失恋的痛苦，因而她被誉为"20世纪俄罗斯的萨福"、"俄罗斯诗坛的月亮"、"哀泣的缪斯"。她的其他重要诗集还有《群飞的白鸟》（1917）、《安魂曲》（1935－1940）和《没有主人公的长诗》（1962）。阿赫玛托娃在西方也享有盛誉，1964年意大利授予她"埃特内·陶尔敏"国际诗歌奖；1965年英国牛津大学授予她名誉博士学位。

爱情

忽而像施展魔法的灵蛇，
缩做一团，潜藏心窝；
忽而像白色窗口的信鸽，
一连几天咕咕咕不歇；

忽而闯入紫罗兰的梦境，
忽而在霜雪中闪烁……
如此忠实而又神秘，
叫你郁郁寡欢心怀忐忑。

擅长于甜蜜地嚎啕痛哭，
拨动忧伤的祈祷琴索，
在尚且陌生的笑容里
可真害怕把她猜破。

（1910年）

灰眼睛国王

荣耀属于你，难以言传的悲伤！

灰眼睛国王昨天竟然意外死亡。

秋天的傍晚沉闷，夕阳红似火，

我的丈夫回家来平平静静地说：

"他打猎的时候死啦，告诉你，

在老橡树旁边发现了他的尸体。"

"王后真可怜。她还那么年轻！……

一夜之间白了头，她实在悲痛。"

把壁炉上的烟袋一把抓到手里，

为夜晚值班，丈夫向门外走去。

我立刻把我的小女儿叫醒，

一再注视她那双灰色的眼睛。

窗外的白桦树沙沙作响：

"人世间再没有你的国王……"

（1911年）

我记得那美妙的瞬间

深色披巾下双手交叉……

深色披巾下双手交叉……

"你今天为什么脸色惨白？"

"因为我灌醉了他，

让他痛饮了苦涩与悲哀。"

我岂能忘记？他踉踉跄跄，

痛苦得嘴角歪斜朝外走……

没碰扶手，我飞奔下楼，

追赶他直追到大门口。

我喘着气喊叫："都是玩笑，

你真要走，我死给你看。"

他笑了，笑得平静又凄惨，

对我说："你不要受了风寒。"

（1911年）

心中淡漠了太阳的记忆……

心中淡漠了太阳的记忆。

衰草枯黄。

风儿旋起早落的雪花儿，

轻轻飞扬。

狭窄的沟渠已不再流动，

水已结冰。

这里从来不曾，不曾发生

意外的事情。

灌木状的柳树在空中摊开，

透光的扇子。

也许，我莫如不做你的妻

倒更相宜。

心中淡漠了太阳的记忆，

怎么？昏暗？

也许！……一夜之间就能出现——

出现冬天。

（1911年）

最后一面的歌

胸口一阵绝望的寒战，

我却轻快地迈动双脚，

慌乱中我竟然给右手

戴上了左手的手套。

楼梯似乎总也走不完，

可我知道：只有三级，

秋天的枫树沙沙作响，

对我说："跟我一道去死！

我被无常的命运欺骗，

命运凶险，让人寒心！"

我说："亲爱的，我也是，

我愿意跟你同归于尽……"

这就是最后一面的歌，

我望一眼昏暗的楼房。

只有卧室里那支蜡烛，

依然放射冷漠的黄光。

（1911年）

真正的温存……

真正的温存默默无言，

不会混淆于别的情感，

你不必殷勤地用裘衣

包裹我的胸脯与双肩。

你不必用恭顺的言语

说什么这就是初恋。

我可是熟悉你的视线——

强悍之中透着贪婪！

·

（1913年）

我记得那美妙的瞬间

离别

黄昏，我的面前

有一条弯曲的路。

昨天，他怀着爱恋

恳求说："你要记住！"

可现在只有悲风

和牧人们的呼声，

清凌凌的山泉旁边，

摇晃着激动的雪松。

（1914年）

我问布谷鸟儿……

我问布谷鸟儿，

我能活多么久长……

松树把树梢摇晃，

青草里投下一道黄光。

密林清新无一丝声响……

走在回家的路上，

爽风抚摸我的前额，

我的前额滚烫。

（1919年）

他说过……

他说过我是非凡的女子，

说任何人都不配和我竞争，

说我是他寒冬里遇见的阳光，

说我是故乡的歌，透着野性。

一旦我死去，他将失魂落魄，

沉痛中不会呼唤："你快复活！"

但他突然领悟：人不能生存，

当身体离开太阳，心离开歌。

……可是现在呢？

他又该说些什么？

（1921年）

1876. А. Обрамовъ

茨维塔耶娃情诗十一首

玛丽娜·伊万诺夫娜·茨维塔耶娃（1892－1941），才华卓越的女诗人，出生于莫斯科一个富有艺术氛围的教授家庭，父亲是普希金艺术博物馆馆长，母亲爱好音乐和诗歌。她很早开始写诗，1910年出版处女作诗集《黄昏纪念册》，引起诗坛轰动，十七岁的少女居然以成熟的诗句歌颂爱情、死亡与艺术，不能不让人感到惊讶。诗集《神灯》（1912）、《青春诗篇》（1915）、《里程碑》（1921）的出版，进一步提高了她的声誉。1922年她离开俄罗斯，先后生活于捷克和法国，1939年返回苏联。1941年，卫国战争期间，被疏散到中亚地区的一个小镇叶拉布加，由于痛苦和绝望而自缢身亡。在俄罗斯诗歌史上，茨维塔耶娃与阿赫玛托娃齐名，对后世诗歌的发展都产生了持久而深远的影响。她的爱情诗个性鲜明，奔放激越，具有强烈的艺术感染力，向来受到评论界的推崇。

你走起路来姿势像我……

你走起路来姿势像我，

总是低低地垂着眼睛，

我从前走路也是这样，

过路人啊，请停一停！

请你先把碑文读一读，

再采一把罂粟做表赠，

你该知道我叫玛丽娜，

生前我活了多大年龄。

别以为这里是座坟茔，

我一出现就叫你惊恐……

我一辈子实在太爱笑，

不知道有时应该庄重。

我的血液曾流贯肌肤，

我的鬈发曾柔软蓬松……

我也曾是活生生的人，

过路人啊，请停一停！

请先替自己折根草茎，

再把野浆果摘采一捧，

墓地的草莓最为鲜美，

香甜可口，硕大无朋。

只是你不要凄然伫立，

别头颅低垂贴近前胸，

你要轻轻地把我想象。

忘却我时也应该轻松。

仿佛有阳光把你照耀，

金色的尘埃把你围拢，

我的声音从地下传来，

但愿你不致感到吃惊。

（1913年）

我记得那美妙的瞬间

给外婆

坚韧的长方形瓜子脸，

喇叭状的黑色连衣裙……

年轻的外婆啊，什么人

常常亲吻你骄傲的嘴唇。

在皇宫大厅，你的手

曾弹奏肖邦的圆舞曲……

你的面颊隐含着冷峻，

鬓腮纷披柔软的发缕。

目光阴沉、直率、严厉，

随时随地你都在防范，

年轻的外婆，你像谁?

这眼神不像少妇的视线。

二十岁的波兰女人，

你带走了多少情分?

又把多少未遂的心愿

埋进地底，遗恨深深?

白天无辜，风也清新，

星光熄灭使天空转暗。

外婆，我心中骚动不安，

是不是受了你的遗传？

（1914年）

哪儿来的这似水柔情？……

哪儿来的这似水柔情？
我并非初次把鬈发抚弄，
发绺蓬松，吻过的嘴唇
比你的韵味更浓色更红。

星星升起复又熄灭，
哪儿来的这似水柔情？
眸子亮了随即暗淡，
我瞳孔里的那双眼睛。

我还不曾在沉沉黑夜，
侧耳聆听这样的歌声，
哪儿来的这似水柔情？
我依在歌手的怀抱中。

远来的歌手，无人可比，
睫毛修长，调皮的后生！
这情怀你叫我如何了结？
哪儿来的这似水柔情？

（1916年）

茨维塔耶娃情诗十一首

又是这样的窗口……

看，又是这样的窗口，

窗户里的人又在失眠。

也许，他们在饮酒，

也许，只有两个人——

手握手，握得很久，

朋友，每一幢楼房

都有这样的窗口。

驱散黑暗的不是蜡烛不是灯，

而是失眠的眼睛！

你呀，夜晚的窗户，

离别与相聚的呼声！

也许有千支蜡烛，

也许只两三盏灯……

我的心灵与理智，

总也得不到安宁，

即便在我的家里，

也是同样的情景。

朋友，为失眠的房屋祈祷吧，

为了窗口灯火通明！

（1916年）

可爱的旅伴……

可爱的旅伴，和我们一道过夜宿营！

长途跋涉，跋涉，跋涉，面包黑又硬，

茨冈人的大篷车隆隆响动，

奔泻的江水川流不息——

浪花翻腾……

啊，在茨冈人天堂般的朝霞之中——

你可还记得银光闪烁的草原与晨风？

山冈上蓝雾迷蒙，

歌唱茨冈之王的是——

悠扬歌声……

漆黑的夜晚，以古树枝柯做帐篷，

我们把美如夜色的子弟拱手相赠，

他们像夜一样贫穷……

而呖呖鸣啭的夜莺——

予以赞颂。

美妙时刻的旅伴啊，难以挽留你们，

我们不算富裕，我们宴席不够丰盛。

篝火燃烧，烈焰熊熊，

我们的草地如绿毯——

坠落星星……

（1917年）

眼睛

看惯了草原的眼睛，
流惯了泪水的眼睛，
碧绿的，苦涩的——
农民的眼睛！

遇上个普通的婆姨，
为借宿必酬谢盛情——
还是那一双欢乐的，
碧绿的眼睛。

有一个普通的婆姨
为遮蔽阳光手搭凉棚，
身体摇晃，默不作声——
垂下了眼睛。

旁边走过背木箱的小伙……
盖着僧袍沉睡不醒，
那双恭顺的、容忍的
农民的眼睛。

看惯了草原的眼睛，

我记得那美妙的瞬间

流惯了泪水的眼睛，

见过的情景决不泄露——

农民的眼睛！

（1918年）

我记得那美妙的瞬间

我是你笔下的一页稿纸……

我是你笔下的一页稿纸，

一切都接受。我是白纸一张。

我尽心尽力保存你的善良，

使它增长并百倍地加以报偿。

我是乡村，是黑土地，

你是我的雨露和阳光。

你是我的神明，我的上帝！

我是黑土地，是白纸一张！

（1918年）

恰似一左一右两条胳膊……

恰似一左一右两条胳膊，

我和你两颗心紧紧相贴。

我们相濡以沫温馨欢畅，

宛如一左一右两只翅膀。

不料狂风骤起，一道深渊

突然出现在左右两翼之间！

（1918年）

我记得那美妙的瞬间

我写……

我写，写在青青的石板，

写在已经褪了色的扇面，

写在溪流两岸和大海边的沙滩，

写在冰面用冰刀，写在玻璃用戒钻，

还写在历经千百个隆冬的树干，

最后为了让人人知晓众口相传：

你可爱！可爱！可爱！可爱！

我还要用七彩长虹写在蓝天！

我多么希望每个人都如花开放，

伸手可以触摸！永远把我陪伴！

可后来我把名字一一勾掉，

低下头来，前额抵着书案……

不过你，被我这出卖心血的文人

紧紧握在手里！你让我心神不安！

我不会出卖你！在指环里面，

如碑文石刻你永世得以保全！

（1920年）

贝壳

逃离谎言与罪恶的麻风病医院，

我要带你逃走，我把你呼唤。

把你带进霞光！摆脱死亡的噩梦，

把你带进双臂伸开的怀抱中。

平静地生长吧，依傍贝壳的皮肤，

在贝壳的手掌中变成一颗珍珠！

哦，无论族长还是国王都不能

购买贝壳的隐秘欢乐与惊恐……

那些争奇斗艳的美人太高傲，

她们都无缘接触你的珍宝，

因此也不会把你据为己有，

而贝壳伸出了无私的手，

她拥有贝壳的隐秘穹隆……

睡吧！我忧伤的秘密欢情，

我记得那美妙的瞬间

睡吧！遮蔽了海洋和陆地，

像贝壳一样我拥抱着你：

从左右两边，从头顶到脚跟——

贝壳像摇篮把你裹得紧紧。

心灵疼爱你白天不亚于夜晚——

尽力舒缓、消解你的忧烦……

伸出一只手，手掌焕然一新，

潜在的雷霆既寒冷又温馨，

温存而娇纵……好啊！快看！

珍珠一般你从深渊里涌现！

"你要出去！"第一句话："好吧！"

贝壳承受苦难，乳房膨胀增大。

哦，敞开门吧，敞开门！

母亲的每次尝试都有分寸……

茨维塔耶娃情诗十一首

既然你已经解除了囚禁，

那就把整个海洋尽情畅饮！

（1923年）

我记得那美妙的瞬间

爱情

似尖刀？像烈火？

谦虚点儿，何必夸张形容！

熟悉的痛苦，像眼睛熟悉巴掌，

像嘴唇——

熟悉小婴儿的奶名。

（1924年）

Сергей Александрович Есенин

叶赛宁情诗十首

谢尔盖·亚历山大罗维奇·叶赛宁（1895－1925），俄罗斯天才的抒情诗人，出生于梁赞省乡村的农民家庭，毕业于教会师范学校，九岁开始写诗，1916年第一本诗集《扫墓日》问世，引起诗坛轰动。他对俄罗斯大自然和乡村生活的挚爱，像一股清新的风吹入人们的心田，评论家一致认为，他是俄罗斯田园风光出类拔萃的歌手。诗人浪漫多情，曾几次结婚，几次离异，与美国舞蹈家邓肯的婚恋尤其引人关注，爱情的欢乐、温馨、痛苦、忧伤、惆怅和无奈，都被他谱入诗行。他的作品匠心独运，比喻奇妙，语言鲜活，洋溢着浓郁的生活气息，这些俄罗斯爱情诗中的名篇佳作，具有超越时空局限的艺术魅力，不仅在俄罗斯广为流传，而且拥有众多的外文译本，为诗人带来世界性的声誉。

这就是它，痴情的幸福……

这就是它，痴情的幸福，

花园里几扇白色窗户！

静静的夜晚照着池水，

像红色天鹅轻轻漂浮。

你好呀，金色的宁静，

映出水中的白桦倒影！

楼房顶上的一群寒鸦

悄悄陪伴着夜晚的星。

花园后边的某个地方，

忍冬花儿正悄然开放，

羞愧的姑娘白衣白裙，

温柔的歌儿轻轻哼唱。

原野送来了夜的清凉，

它披着一袭蓝色袈裟……

痴情而又迷人的幸福，

恰似新鲜红润的面颊！

（1918年）

叶赛宁情诗十首

蓝色的火焰窜动升腾……

蓝色的火焰窜动升腾，

远方的家乡已被遗忘。

第一次我要歌唱爱情，

第一次我要舍弃荒唐。

浑身像一座荒芜园圃，

我曾迷恋美酒与美色，

再不贪杯，再不跳舞，

毫不顾惜任生命蹉跎。

我唯独只想把你凝视，

看你深邃的金色明眸，

我的往昔虽让你厌弃，

你千万不要跟别人走！

腰身苗条，步态轻盈，

愿你那颗执著的芳心，

能了解浪子也善钟情，

荒唐汉该有多么温顺！

我要把酒馆永远忘却，

从今往后也不再写诗，

只想把你的双手触摸，

轻抚你金秋般的发缕。

永远跟随你主意打定，

回转家园或远走他乡……

第一次我要歌唱爱情，

第一次我要舍弃荒唐。

（1923年）

夜晚紧蹙漆黑的眉毛……

夜晚紧蹙漆黑的眉毛，
谁家的马匹站在门前。
昨天我可曾畅饮青春？
不再爱你莫非在昨天？

迟到的三套车不要出声！
我们的生活已消失无踪。
或许明天这一张病榻，
能使我永远归于平静。

也许明天是另一番情景，
我将康复并远离病床，
倾听雨水与稠季欢唱，
歌声使人们活得健康。

我将忘却黑暗的势力，
它们想把我置于死地，
面庞温柔！可爱的面庞！
让我难以忘怀的只有你！

纵然将来我另有所爱，

我会和情人把你诉说，

说我和你曾相依相恋，

说我把你叫作亲爱的。

诉说生活像流淌的河，

一度经历的难以再来，

你呀，大胆执著的姑娘，

何时不再撩拨我的情怀？

（1923年）

你说过……

你说过，说从前萨迪[1]

亲吻的时候只吻酥胸，

这种吻法我也能学会，

上帝保佑。你先等等！

你歌唱："幼发拉底[2]

河对岸玫瑰胜过美女。"

假如我更加富有灵感，

我会谱写另一支歌曲。

我想把玫瑰悉数剪除，

须知我只有一种欢快：

要让莎甘奈芳名远扬，

普天下数她最为可爱！

不要用遗训把我折磨，

我从来不懂什么遗训。

既然我天生是个诗人，

我要像诗人那样亲吻。

[1] 萨迪，波斯诗人（1203-1292）。

[2] 幼发拉底河，西南亚最长的河流，发源于土耳其，
流经叙利亚和伊拉克，最后注入波斯湾。

（1924年）

我记得那美妙的瞬间

今天我问银币兑换商……

今天我问银币兑换商，

半个土曼[1]与卢布怎么兑换？

用波斯语对美丽的拉拉

该怎么说"我爱"这个字眼？

今天我问银币兑换商，

声音像和风，比水更轻柔，

对美丽的拉拉我该怎样

把"亲吻"这个词儿说出口？

我还问过银币兑换商，

心中深深隐藏着怯懦，

对美丽的拉拉我该怎样，

怎样去说，她是"我的"？

银币商简短地回答我：

爱情通常无须言语诉说，

爱情只是偷偷地叹息，

眼睛像红宝石一样闪烁。

[1] 土曼，波斯货币单位。

亲吻并非墓碑上的题词，

亲吻没有专门的名称，

亲吻是红玫瑰的气息

玫瑰花瓣在嘴唇上消融。

人们从不为爱情担保，

恋爱时有欢乐也有忧愁，

要说出"你是我的"这句话，

全凭撩开黑披纱的那双手。

（1924年）

莎甘奈呀，我的莎甘奈！……

莎甘奈呀，我的莎甘奈！
或许因为我来自北方，
我愿给你讲麦田如浪，
月光笼罩起伏的黑麦。
莎甘奈呀，我的莎甘奈！

或许因为我来自北方，
那里的月亮大一百倍，
不管设拉子[1]有多优美，
也不如梁赞[2]辽阔宽广。
或许因为我来自北方。

我愿给你讲麦田如浪，
麦浪使得我鬈发俊俏，
你喜欢就往指上缠绕——
我不会受到丝毫损伤。
我愿给你讲麦田如浪。

月光笼罩起伏的黑麦，
凭我的鬈发你能猜测，
尽情说笑吧，亲爱的，

但不要触动我的情怀，

月光笼罩起伏的黑麦。

莎甘奈呀，我的莎甘奈！

在北方也有一位姑娘，

她长得和你十分相像，

也许她正在把我等待，

莎甘奈呀，我的莎甘奈！

（1924年）

[１] 设拉子，波斯城市。
[２] 梁赞，俄罗斯城市，叶赛宁的故乡。

我记得那美妙的瞬间

为什么月光这么暗淡？……

"为什么月光这么暗淡？
洒向霍拉桑的花园与屋墙——
仿佛漫步俄罗斯旷原，
置身沙沙响的雾笼篷帐？"

亲爱的拉拉，我曾这样
向深夜沉默的柏树提问，
成片的柏树林一声不响，
它们昂首望天傲慢骄矜。

"为什么月光这样惆怅？"
在幽静的林中我问花朵。
花朵回答说："玫瑰忧伤，
你不妨从中体验、思索。"

玫瑰花瓣儿随风抖颤，
玫瑰花瓣儿悄悄告诉我：
"你的莎甘奈和别人偷欢，
莎甘奈亲吻的是另一个……"

她说："俄国人不会察觉……

心爱歌，歌爱生命与身体……"

因此月光才会这样暗淡，

因此月亮苍白，满面悲凄。

负心的事儿倒见过很多，

谁也不期待泪水与痛苦……

然而人世间丁香花的月夜，

一如往昔永远美好幸福。

（1925年）

我记得那美妙的瞬间

你不用撇嘴冷笑……

你不用撇嘴冷笑，搬弄手指，

我爱的是别人，反正不爱你。

你自己原本清楚，自己明白，

我并非为了看你才到这里来。

我路过这里，心情冷静平淡——

只不过偶尔回头朝窗口看看。

（1925年）

我记得，亲爱的……

我记得，亲爱的，我记得
你那闪光的如波发缕，
我既不轻松也不喜悦，
当时我不得不离开你。

我记得秋天那些夜晚，
白桦树影婆娑沙沙作响，
虽然那时节白天短暂，
照耀我们的目光却更悠长。

我记得，你曾对我说过：
"蔚蓝色美好时光会消逝，
你将来另有新欢，亲爱的，
到那时会把我永远忘记。"

今天椴木开花，花满枝头，
不禁勾起了往日情感，
那时候我也曾满怀温柔，
在你头发上撒满花瓣。

一颗心儿仍不甘冷漠，

我记得那美妙的瞬间

另有所爱却情怀压抑，

就像读一本心爱的小说，

陪伴新情人我想起了你。

（1925年）

恋人的手像一对天鹅……

恋人的手像一对天鹅——
潜入我的金发来回游荡。
世上所有的男男女女，
都把爱情歌曲反复吟唱。

一度曾远离爱的主题，
现在我重新歌颂爱情，
因为语言饱含着温柔，
深深地隐藏在我心中。

如果让心灵尽情地爱，
它就会变成一块纯金，
只可惜德黑兰的月亮，
不能为情歌带来温馨。

我不知道一生怎样度过？
莎嘉的爱抚能否久长？
衰迈的暮年会不会追悔——
年轻时唱歌过于轻狂？

人与人做派各不相同，

或步态好看或说话中听。

假如波斯人写不好歌词，

肯定他不是设拉子出生。

关于我和我这些情歌，

人们议论纷纷会这样说：

他原本能唱得更甜更美，

可惜没了那一对天鹅。

（1925年）

我记得那美妙的瞬间

雪野茫茫 恋歌飞扬

2005年1月6日，刚刚下过一场雪，街道、树木、房屋，一片洁白。给外国留学生上完诗歌赏析课，走在回家的路上，不由得想起了在俄罗斯的日子，想起了茫茫雪原，想起了俄罗斯诗人和他们写的诗歌，忽然，头脑里闪出一个念头：雪野茫茫，恋歌飞扬…… 好，应该编译一本诗集，选俄罗斯最有名的十个诗人，每人十首左右，俄罗斯诗坛十杰情诗百首，这个主意真不错!

作为访问学者，1988至1989年我到列宁格勒大学（现名圣彼得堡大学）进修，亲身体验了俄罗斯人对诗歌的痴迷，对诗人的热爱和尊重。漫步在城市，经常看到诗人普希金的雕像，雕像前面摆放着鲜花；诗人故居纪念馆常年开放，遇到节日参观拜谒的人络绎不绝；书店里陈列着各种诗集，诗集的印数少则五万，多则十万，甚至二十万；大学和作家协会经常举办诗歌朗诵会。我有幸参观过普希金就读的皇村学校、莫伊卡故居、普斯科夫省圣山墓地、米哈伊洛夫斯克村庄园保护区、诗人进行决斗的小黑河林间空地；凭吊过列宁格勒市郊科马罗沃的阿赫玛托娃坟墓；去梁赞访问过叶赛宁的家乡，在诗人故居纪念馆，从老式唱机上听到了叶赛宁朗诵诗歌：高昂、尖细、颤抖，在空中回荡的声音，留下了难忘的深刻印象……

在俄罗斯结识了不少朋友，拜访过一些诗人、学者、汉学家。他们知道我翻译俄罗斯诗歌，就送给我诗集，诗人舍甫涅尔不仅把他自己的两本诗集送给我，还把茨维塔耶娃的两卷集也给了我。我的导师菲里波夫先生赠给我《俄罗斯诗歌三世纪》和两卷集的《诗国漫游》，非常珍贵。天津医学院教授阎佩琦先生跟我同期在列宁格勒访学，了解我的爱好，就把朋友送给他的俄罗斯爱情诗集《美妙的瞬间》转赠给我……所有这些，都让我深受感动。

我从上中学就喜欢诗歌，背诵古典诗词，并尝试自己写诗。上大学以后，接触到外国诗歌，进一步开阔了视野。以后开始翻译俄罗斯诗歌。我的本职工作是教书，讲授俄罗斯文学史，为本科生和研究生开设诗歌赏析课，编选了《俄罗斯诗歌选读》教材。读诗，写诗，译诗，讲诗，诗歌既带给我审美的愉悦，又是我的精神寄托，诗歌成了生活中不可或缺的重要内容。可喜的是还能跟学生交流，很多学生爱上了俄罗斯诗歌，有些本科生毕业论文选诗歌研究做题目。我带的几个研究生大都研究俄罗斯白银时代的诗人或作品。有个女生叫庞然，后来考上了上海外语学院的研究生，她给我来信说，一直把《俄罗斯诗歌选读》教材放在书架上，有空时就愿意翻翻，诗歌课给她留下了美好回忆。研究生席桂荣，毕业后给我来信说："谷老师，您知道吗，您给我们上诗歌课，我把您译的许多诗都抄了下来。您知道干什么用吗？现在告诉您，那时候每次给男朋友写信，都抄上一两首。真得谢谢老师了。"现在回想这些，仍然觉得欣慰。

编选《我记得那美妙的瞬间》，我选了19世纪五位俄罗斯诗人：普希金、丘特切夫、莱蒙托夫、费特、涅克拉索夫；20世纪五位诗人：巴尔蒙特、勃留索夫、阿赫玛托娃、茨维塔耶娃、叶赛宁。这十位诗人是俄罗斯诗歌黄金时代与白银时代最杰出的代表。他们的爱情诗在俄罗斯世代流传，家喻户晓。

翻译这些诗歌，我坚持自己的追求：以诗译诗，以格律诗译格律诗，注重意象、意境、内涵，同时注重音韵、格律、形式。诗歌是最富有音乐性的文学体裁，忽视了音乐性，往往给原作造成难以弥补的损失。俄罗斯诗歌至今仍以格律诗为主流，音节、音步、诗行、诗节都有严格规定，格律形式多样，生动和谐，我想尽力给予传达与再现。为诗歌爱好者提供可信、可读的译本，是我的心愿。当然，能否达到预期的水平，有待各位专家和读者的批评。

三十多年来翻译诗歌，有幸得到高莽老师和顾蕴璞老师的指点与扶持。1982年高莽老师给我机会，让我参加《苏联当代诗选》、《苏联女诗人抒情诗选》的翻译，1990年为我翻译的诗集《一切始于爱情》作序，2005年不仅为《俄罗斯白银时代文学史》的翻译当顾问，还绘制了几十幅插图；顾蕴璞老师让我参与莱蒙托夫长诗的翻译工作，把他的著作《诗国寻美》寄给我，留作纪念。高莽老师为本书画了十幅肖像插图，顾蕴璞老师不仅撰写序言，还提出了很好的修改意见。在此我表示由衷的感谢。

译后记

在经济大潮冲击下，文学诗歌日益边缘化，诗歌出版非常困难。中国青年出版社的王钦仁先生和杜海燕女士对这本诗集的出版却给予大力支持，我在这里表示真诚的谢意。

今年是俄罗斯的汉语年。但愿这本诗集的出版，能为热爱俄罗斯文学、喜欢俄罗斯诗歌的朋友带来欣喜与快乐。

谷羽

2010年3月12日

于南开大学龙兴里

我记得那美妙的瞬间

谷羽，原名谷恒东，毕业于南开大学外文系俄语专业，天津市作家协会会员、天津市外国文学学会理事、中国普希金研究会副会长、中国俄罗斯文学研究会理事，曾任南开大学外语学院西语系俄苏文学教研室主任、硕士研究生导师、天津市译协副秘书长。

译有《驴子与夜莺——克雷洛夫寓言诗选集》《乌申斯基童话集》《翡翠城的魔法师》《一切始于爱情——罗日杰斯特文斯基诗选》《在人间》《普希金爱情诗全编》《俄罗斯名诗三百首》《普希金童话》《迦姆扎托夫诗选》《松花江晨曲》《克雷洛夫寓言九卷集》《套中人》和《恶老头的锁链》等；与人合译有《苏联当代诗选》《苏联当代文学作品选》《普希金抒情诗全集》《陀斯妥耶夫斯基中短篇小说集》《莱蒙托夫全集》《普希金文集》《普希金全集》《白银时代·诗歌卷》《马戏团的幽灵》《克雷洛夫寓言全集》《俄罗斯白银时代文学史》和《俄罗斯当代诗选》等；此外，还参与编撰辞书《寓言词典》和《当代世界美学艺术学词典》。1999年荣获俄罗斯联邦文化部颁发的普希金奖章及荣誉证书。